Deutsche Erstausgabe
Lizenzausgabe des Verlags an der ESTE, Buxtehude
Die Originalausgabe erschien 1988 unter dem Titel ,,Dr Xargle's Book of Earthlets"
bei Andersen Press Ltd., 62-65 Chandos Place, London WC 2
Text © 1988 by Jeanne Willis · Illustration © by Tony Ross
© der deutschsprachigen Ausgabe: Verlag an der ESTE, Buxtehude 1988
Aus dem Englischen von G. G. Wienert
Alle Rechte dieser Ausgabe vorbehalten durch Verlag an der ESTE
Schrift: Century Expanded · Satzherstellung: Utesch Satztechnik GmbH, Hamburg
Lithos: Photolitho AG Offsetreproduktionen, Gossau, Zürich
Gesamtherstellung: W. S. Cowell, Ipswich · Printed in England
ISBN 3-926616-31-8

DR. XARGELS BUCH ÜBER DIE ERDLINGE

In die Sprache der Erdlinge übersetzt
von Jeanne Willis
Bilder von Tony Ross

Guten Morgen! Setzt euch!

Heute wollen wir etwas über die Erdlinge lernen.

Erdlinge gibt es in vier Farben: Rosa, braun, schwarz oder gelb ... aber keine grünen.

Sie haben einen Kopf und nur zwei Augen, zwei kurze
Greifarme mit Fühlern am Ende und zwei längere Greifarme,
die Beinchen genannt werden.

Sie haben viereckige Klauen. Die benutzen sie dazu, wilde Tiere zu verscheuchen, die als Tibbels und Marmaduke bekannt sind.

Erdlingen wächst Fell auf dem Kopf, aber nicht genug, um sie warm zu halten.

Sie müssen in das Haarkleid eines Schafes eingewickelt werden.

Sehr alte Erdlinge (oder „Omas") ribbeln die Schafe auf, und stellen mit zwei spitzen Stöcken blaue, weiße oder rosa Verpackungen für Erdlinge her.

Erdlinge haben bei der Geburt keine Hauer.
Viele Tage lang trinken sie nur Milch durch ein Loch
in ihrem Gesicht.

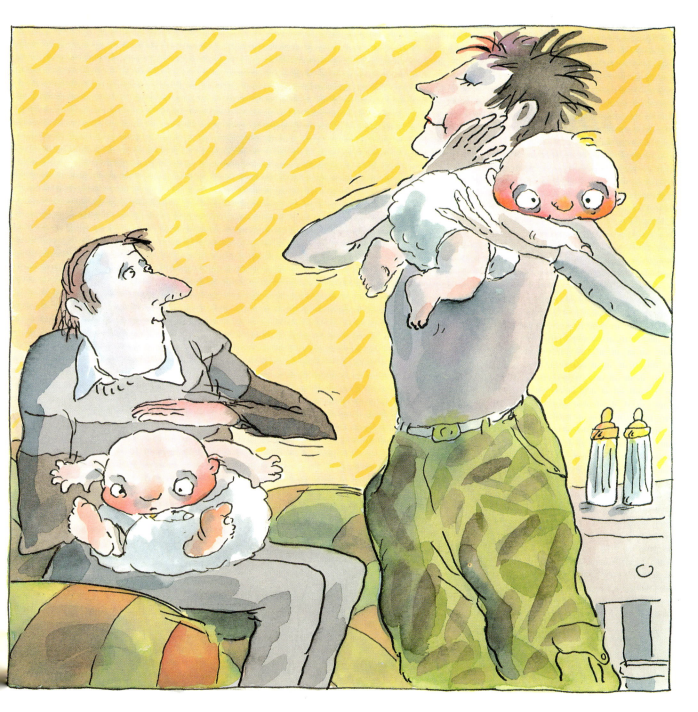

Wenn sie ihre Milch getrunken haben, müssen sie geklopft und gedrückt werden, damit sie nicht platzen.

Ist ihnen der erste Hauer gewachsen, nimmt die Erdlingsmutter das Ei von einem Huhn und zermanscht es mit einem Zinkenstab.

Dann nimmt sie die Eimansche auf eine kleine Schaufel und stupst sie dem Erdling in Mund, Nase und Ohren. Damit Erdlinge nicht auslaufen, müssen sie an den hinteren Greifarmen hochgehoben und in der Mitte gefaltet werden.

Dann müssen sie schnell in ein flaumiges Dreieck eingewickelt und mit Papier und Klebestreifen verschlossen werden.

Im Laufe des Tages sammeln sich auf dem Erdling Haare von Tibbels und Marmaduke, Schmutz, Eimansche und Banane.

Sie werden in Plastikkapseln mit warmem Wasser
und einem gelben Schwimmvogel gesetzt.

Nach dem Einweichen müssen Erdlinge sorgfältig getrocknet werden, damit sie aufhören zu schrumpeln.
Danach werden sie mit Staub besprenkelt, damit sie nicht an allen möglichen Sachen festkleben.

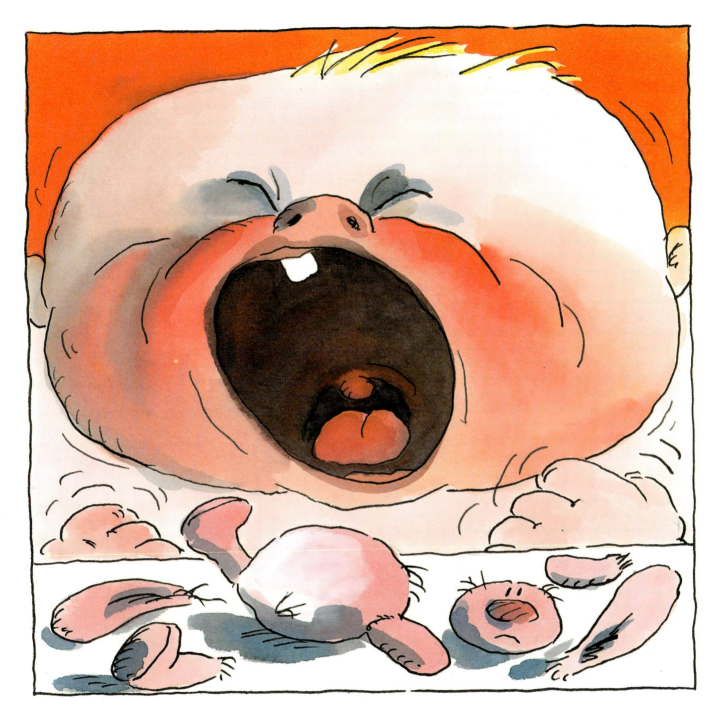

Einen Erdling erkennt man an seinem wütenden Schrei:
„WAAAAAAA!"

Damit er aufhört zu schreien, nimmt ihn der Erdlingsvater und wirft ihn in die Luft.

Dann versucht er, ihn aufzufangen.

Schreit er weiter, zupft die Erdlingsmutter seine Fühler einen nach dem anderen und sagt: „Hier hast du 'nen Taler, kauf dir 'ne Kuh, Kälbchen dazu, das hat ein kleines Schwänzchen, macht Diddeldiddeldänzchen" – bis der Erdling „hihi" macht.

Schreit er danach immer noch, wird er an einen Ort gebracht, der Beddibettchen heißt.

Das ist eine schaukelnde Schachtel mit weichem Polster,
in der ein kleiner Bär namens Teddy wohnt.

Damit beenden wir für heute den Unterricht.

Weil ihr alle aufmerksam und brav gewesen seid, ziehen wir jetzt unsere Verkleidung an und besuchen den Planeten Erde. Dort wollen wir einige Erdlinge besichtigen.

Das Raumschiff startet in fünf Minuten.